ÉTRENNES

A 1830

POUR T[...] LES ANS , TOUS LES JOURS

ET TOUS LES INSTANS DE LA VIE,

RELIGIEUSES ET CONSTITUTIONNELLES ,

D'UNE UTILITÉ ÉTERNELLE ,

DONT LES CŒURS ET LES ESPRITS NE SAURAIENT TROP SE PÉNÉTRER.

Le principe qui domine la royauté comme les autres pouvoirs, c'est la justice: voilà le souverain légitime des sociétés. (Constitutionnel, 13 novembre 1829, d'après Montesquieu).

Peuples entassez vos couronnes
Sur les fronts d'ineffable prix
De vos hérauts , seuls vos colonnes ,
Immortels comme leurs écrits.

PAR M. DESTRAVAULT,

ANCIEN MAGISTRAT.

❦❦❦

PARIS,

CHEZ L'AUTEUR, RUE DES FOSSÉS-S.-JACQUES, N° 12,

ET TOUS LES LIBRAIRES DU ROYAUME.

≫≪

DÉCEMBRE 1829.

Je vous sers, chers lecteurs, daignez me mettre à même de vous servir de plus en plus; je mets le prix de mes travaux à votre discrétion.

A NOS AMIS

LES APPUIS DE LA CHARTE.

MESSIEURS,

Des pervers qui se masquent de votre philosophie m'ont ôté jusqu'au denier de la veuve, que j'aurais voulu ennoblir au profit de la cabane de Clichy.

Recevez mon tribut en nature ; à vous surtout, il appartient de lui attribuer quelque relief : cent exemplaires du *Diadème de nos lois*, deuxième édition, que je prépare en profitant de vos avis, en attendant nombre d'actions dans une institution prochaine inspirée pour nous disposer par quelques soulagemens temporels, au succès du zèle spirituel.

Approfondissez aujourd'hui cet ouvrage : MAGISTRATURE DE MŒURS. L'acte d'adhésion, ici à la suite, en est l'analyse, sur la première édition encore sous vos yeux, et rendez-lui plus de justice. Ses élémens reposent sincèrement sur la philosophie religieuse et civile que *Carlsbad* invoque hypocritement.

Heureuse pensée que vous deviez concourir à perfectionner, au lieu de la railler. Elle eût été recueillie par l'Europe, et eût prévenu *Carlsbad* dont elle peut être aujourd'hui l'antidote. Les Carlsbadiens pèchent plus par l'esprit, que par le cœur. Tête ou queue, ils ne sont pas moins du peuple. Ils ne peuvent se dissimuler qu'ils élèvent un monstre destiné à les étouffer. Ils ne voient une route que hors ses limites; des extrêmes, au lieu de moyen-terme. Les nations, vous, leurs guides, dignes d'ailleurs de notre gratitude, de notre vénération, vous et nos antagonistes les Carlsbadiens, vous occupez respectivement les extrémités opposées.

Le centre est désert. Cherchons-y un aimant qui nous y rapproche : le dévoûment au bien-être du plus grand nombre, et pour nous y former, l'assujétissement de nos passions. D'un côté, quelles faibles privations! de l'autre, quelle prospérité! quelle gloire! tous concitoyens; horreur pour la licence, horreur pour l'esclavage, sous le règne de la liberté! Intéressés, soit à celle-là, soit à celui-ci, immolons les deux excès; l'ordre et l'amour dès lors nous rallient, identifient nos goûts, nos intérêts.

Le *diadème* est au moins une lueur vers un si pur, un si doux horison. Faites-en le gaz lumineux du globe; qu'il vous inspire seulement le code moral fait pour dissiper toutes les erreurs, concilier toutes les bonnes volontés.

Patriotes, notre feu, seul pur, égare ses ardeurs ; aristocrates, vous nous offrez votre égoïsme, pour le goût de l'ordre. Comblons la distance qui nous sépare. Vous ne vous attendez ni les uns ni les autres à l'oracle : qu'un seul symbole, qu'un seul étendard nous rassemble : la Croix!

Patriotes, crucifiez vos élans indiscrets ve licence, l'indépendance religieuse et civile; ultras, cruci otre ambitieux égoïsme, ou plutôt confessons notre erreur commune. La licence est l'effervescence de l'indépendance; l'ultracisme hypocrisie de la licence, est la soif de la domination du despotisme. Mêmes abus sous différens voiles; c'est à qui ne veut s'imposer aucun sacrifice, porter la croix pour le bonheur commun.

Ce sacrifice, c'est le crucifiement de nos inclinations nuisibles à l'ordre, au prochain; c'est bien la Croix. L'autorité qui l'impose est le Verbe divin. Leur effet admirable sur l'ordre social est le règne de Dieu. Le sentiment produit par l'attrait réciproque entre la raison et ses effets est l'Esprit-Saint. L'ensemble de ces trois merveilles morales est Dieu. Tout acte qui y porte atteinte crucifie Dieu : altère, anéantit, sous plusieurs rapports, le règne de Dieu; voilà bien la mort d'un Dieu, effet de nos désordres. L'amour du beau, du bien public, qui produit Dieu dans la pensée, qui y établit son règne inconciliable avec l'impur égoïsme : voilà l'Immaculée Conception.

Le dévoûment le plus résigné, le plus généreux à la Croix, mais en même tems le plus humble et qui est impossible sans la grâce, sans l'appui sollicité du ciel, les hommes qui professent ces principes : voilà l'Eglise catholique, apostolique et romaine en parallèle avec la morale relâchée, des prétendues réformes. Le choix peut-il rester douteux? Mais à cet égard, liberté parfaite, inaccessible, par ordre de Dieu même, à la main civile ou politique. J.-C. est mort pour nous conserver ce beau droit, source de toute notre gloire fixée par notre choix.

Philosophes, pesez cette démonstration; au lieu de mépris et de sarcasmes, un retour sur vos passions! et vous conjurerez les chrétiens de ne pas vous scandaliser des leurs; vous plaindrez leurs faiblesses au lieu d'en faire un titre contre leur foi.

Chrétiens! missionnaires! sentez combien il en coûte pour se subjuguer soi-même; et au lieu de recourir à la force, à l'esclavage, aux inquisitions, aux menaces, aux foudres, employez les pleurs, les tendres, les paternelles instances, l'indulgence, pour nous porter à l'amour du bien, nous rendre supportables les uns aux autres, ne fortifier, n'enrichir chacun de nous, que de la force et de la richesse communes.

Les védettes contre les abus auxquels nous entraîne la nature, sont signalés par mon *Diadème*.

Que chaque orateur chrétien puise son texte dans le code divin, non dans le machiavélisme, et le despotisme; qu'ils parlent tous, ces orateurs, d'après la seule impulsion que l'Evangile suggère à leur cœur, et qu'ils dédaignent les subterfuges d'une éloquence plus mondaine qu'évangélique, ils n'ont que faire ni des fleurs de réthorique, ni des inspirations de la politique des états de ce monde : *Mon royaume n'est pas de ce monde*, disait Jésus à apôtres.

Ne leur imposons pas surtout pour modèle, M. Fr...., éloquent du cerveau et de la mémoire, et que les philosophes doivent d'autant moins déconsidérer qu'il craint autant d'arborer le signe de la croix, au début de ses savantes déclamations, que de se montrer sensible aux instances d'un infortuné adressé à lui, comme à un apôtre de charité.

Néanmoins éclairons, le zèle de nos catéchumènes ; gardons-nous de leur être hostiles, tant qu'ils ne le seront pas à notre constitution. Ce n'est qu'avec le tems que le chaos produit la lumière.

Philosophes, nous redoutons moins en effet les abus de leur mission, les dispositions qu'ils nous laissent en quittant la tribune, que le frein qu'ils exigent de nos passions.

Défierez-vous le naturel de l'homme ? Les métaux cèdent plutôt à l'influence de l'air, que les vices de l'homme, à l'ascendant de la parole. Rectifions cette parole, gardons-nous de l'étouffer : c'est aux lépreux interdire la piscine.

Si nous suspectons le patriotisme, les vertus des missionnaires, rivalisons avec eux, sous tous autres rapports, de christianisme, de piété, seules bases solides du patriotisme, de la philosophie, de la liberté : dès lors tous les caméléons perdent leur funeste pouvoir, le diadème de nos lois ceint nos fronts et *Carlsbad* a disparu.

LE TEMS QUI COURT.

PREMIÈRE RÉFLEXION.

Imitons-nous les Cénobites ? la communauté, menacée au-dehors, suspendait toutes divisions intestines, pour s'unir contre l'ennemi commun : A peine cet ennemi était désarmé, les passions des individus reprenaient leur empire au-dedans, et y rallumaient entre eux, les feux de la discorde !

Chez nous ; le philosophisme a désorganisé le système social, et soulevé des nains contre leur auteur. Enfans gâtés par les prodigalités du ciel, mutinés contre ses faveurs trop libérales, enhardis par des serpens à sonnettes, les *Voltaire*, les *Helvétius*, les *Diderot* et autres *généreux instituteurs*, nous avons demandé à Dieu compte de ses desseins et de ses lois ; nous avons murmuré contre la création ; nous nous sommes joués de tous les freins A nous entendre, J. C. n'est qu'un imposteur, ses apôtres sont de faux témoins, notre église est un repaire de suborneurs. Nous avons justifié tous les désordres, déifié tous les vices. La force, au lieu d'employer ses avantages à notre perfection, n'a su que corrompre à l'abri de l'impunité. La foule a approché ses lèvres de la coupe funeste ; elle s'est énivrée de la licence effrénée. La mollesse, l'égoïsme sans entrailles, la cupidité, l'impiété, le blasphême ont vanté leur probité ! Le sexe *pieux* a vomi le ridicule sur tout ce qui est divin. Ce *bel* exemple, une triste expérience nous dérobent depuis si long-tems, au joug de l'innocence et de la beauté ! l'homme souille sa jeunesse ou en aliène les restes, dans sa maturité, à quelque spéculation conjugale ; la vieillesse, par un relâchement insensé, autorise chez les autres âges les erreurs que sa sagesse aurait dû réprimer.

De toutes parts, des cris contre le saint ministère, contre les chrétiens par excellence, qui presque seuls portent le poids du jour, demeurent fidèles à la croix ; les imprécations s'épuisent sur cette classe, la plus digne assurément de nos respects ; elle est honnie par les vices des deux sexes et de toutes les conditions !

Elle en prend droit d'accuser la constitution que notre amour lui témoigne, combien elle se trompe. La mauvaise foi seule accuse la loi, notre charte, dont le ciel commande au contraire la parfaite exécution.

Mais, hélas ! à cette occasion, et sous bien d'autres rapports la société semble une aggrégation d'ennemis qui se suspectent, se surveillent, ne rêvent que piéges et usurpations.

Sur les traces des solitaires dégénérés, telles sont les *vertus* que nous avons recueillies de la paix intérieure.

Moins sages encore, l'adversité même ne nous rappelle point à nos intérêts communs. Vainement elle nous montre dans le zèle à remplir nos devoirs, le terme des ses rigueurs, le port du salut.

Vainement elle nous fait expier nos dépravations particulières, pour regagner nos cœurs, aux vertus publiques.

Dieu nous a laissé éblouir par la victoire, pour nous rendre plus sensibles nos revers. Sa providence répand au milieu de nous, les alarmes ; elle bouleverse nos saisons, elle tranche nos moissons, elle se joue de nos calculs temporels. Que de fléaux terribles contre lesquels, pour les dissiper, il nous suffirait de former une sainte ligue de vertus, de mœurs, de charité chrétienne ! épreuves instantes, paternelles, perdues pour nous !

Des richesses réelles à acheter à ce prix, par ces efforts, coûteraient trop cher ; la conquête en est absurde.

Bravons, bravons les menaces, les promesses de la grâce et de l'éternité : anathème à tout ce qui est divin et sacré ; laissons aux idiots, aux sots, le ciel, la pureté, la candeur, la bonté, les chimères de la croix. Vive la nature que la croix réprime ; vive l'égoïsme qui déshonore la nature ; vivent les débauches qu'elle flatte. Vivent l'orgueil, le duel, le suicide qu'elle légitime ou absout ; vivent les jouissances déréglées, les abus, leurs glorieux objets, le bonheur suprême et réciproque de se les arracher ! ! !

En guerre avec les élémens, encore saignant des plaies qui nous sont venues de si loin ; que dis-je ? changés comme avant de les recevoir, et tandis qu'elles nous frappaient, à peine elles se cicatrisent nous aspirons encore, nous exhalons tous les principes immoraux qui avilissent, subjuguent et conduisent à la dissolution, plus certainement, plus honteusement que ne feraient des coalitions, des invasions ennemies !

Au nom de Dieu, laissons-nous donc une fois émouvoir ! que tant et de si rudes leçons ne soient pas sans fruits. Calmes et hors de danger à l'extérieur, glorifions notre paix au dedans ; méditons les trésors de la foi, assurons-nous si elle veut, si elle peut notre perte ou notre salut, s'il est accessible sans elle. Concevons la fin qui nous fait naître, vivre et mourir. Rendons-nous dignes d'une si noble perspective : laissons régner sur nous Dieu, sa loi la vertu, l'amour du beau, des autorités, de nos frères, ne veuillons être riches que de leur bonheur, glorieux que de leur prospérité. Quelles sources infaillibles de biens et de grandeur pour nous mêmes !

Français, chers français ! aimons Dieu, aimons-nous ! que ce ne soient plus de vains mots. Qu'à la rencontre les uns des autres, une bienveillance sincère, vive, presse nos cœurs, élève nos âmes bien plus que la curiosité n'éveille nos regards.

Disons,

A Dieu : nous voulons t'adorer ; ah ! que ta grâce nous y dispose !

Au Roi : nous ne voulons plus qu'aimer ! monarque chéri tu as repoussé avec horreur les souffles de haines, de réaction et d'arbitraire ; nous ne voulons plus proférer que le mot AIMER, nous ne voulons plus respirer que l'amour de la loi et du roi !

A nos frères : unissons nous, tenons-nous étroitement embrassés ! jurons de ne plus vivre que pour aimer, pour la bonté, la foi, la loi, notre édification mutuelle et pour les succès, la gloire de nos communes destinées. Essuyons, tarissons nos pleurs, dissipons nos troubles, au sein de l'union la plus pure, de la tendre charité, du charme inexprimable de soulager ceux d'entre nous qui ont faim, qui gémissent. Jurons de partager, de calmer leurs peines, d'y substituer l'espérance et le plaisir ! — Viens mon frère, viens : ma maison t'offre un asile, ma bourse s'ouvre à ton indigence, mon âme à tes soupirs ; je veux souffrir, si tu souffres ; je ne veux plus jouir, si tu ne jouis ; mon luxe m'est odieux, si je te vois couvert de haillons ; bals, fêtes, spectacles, grandeurs me font mal, tant que tu es dans la douleur. Je me voue à jamais à ton bien être, au bonheur de tous et de chacun. Je jouirais du succès de mes efforts, je jouirais d'un infaillible retour ! ô unique félicité ! ô félicité suprême !

Ainsi Dieu est adoré, le Roi est au comble de ses vœux, et la France marche vers la prospérité ! Amen.

Par l'auteur de la Direction Paternelle et Maternelle des Mœurs, *un vol. in 8 de 380 pages.*

ODE.

—

PARAPHRASE

DU

DOMINE SALVUM FAC REGEM.

DIEU , qui pour Roi , choisis un père au digne peuple ,
Enrichis le tyran , d'esclaves qu'il dépeuple ,
Chez tes vrais serviteurs, fais naître un Prince humain
Et régner sur l'impie , une despote main ,
De notre nation , à ses sermens fidelle ,
Bénis LE ROI , LA CHARTE , et leur gloire immortelle !

Assure leur salut , c'est celui de la France !
Le trésor paternel des fils est l'opulence ;
L'honneur de la famille est la gloire du chef.
Le jour du sanctuaire est si doux sur la nef !
L'auréole du Roi , le bonheur du royaume,
Qu'on voit poindre au palais , resplendit sous le chaume.

Que des droits , des devoirs , la science fertile
Divinise son texte, au sein de l'Évangile !
Soumis à sa puissance , à la grâce , à leurs lois,
Le trône , tous les rangs soient unis à leur voix !
Code des citoyens , et Code de l'empire,
Qui s'y soustrait bientôt pâlit , chancelle , expire.

Que le coupable seul , sous les verroux , expie
Le trouble qu'au bon ordre a mis sa main impie!
Vous, Magistrats, tremblez en prononçant l'arrêt :
Le ciel , de l'innocent vengera l'intérêt !
L'impunité , l'État peut survivre à son crime !
Mais compense, Azaïs, le deuil d'une victime......!

Mortels , plus de beaux jours ! les saisons dégénèrent !
Que nos cœurs élevés aux cieux qui régénèrent,
Implorent du pouvoir, maître des élémens ,
De plus fertiles nuits et des jours plus clémens !
De la foi ! des vertus ! sur nos fautes, des larmes !
Dieu , pardonne à la terre et lui rend tous ses charmes.

Digne de nos amours, qu'une loi thésaurise
Des canons , des canots, pour couvrir la Tamise ,
Nous élance d'un trait , sur le bord des vaisseaux
Qui des deux océans osent taxer les eaux !
Qu'au premier choc, des cœurs les vertus expansives,
Par le commerce libre , unissent les deux rives !

Sur tous les continens (les cœurs vers la Morée),
Par la liberté sainte, à l'ordre, consacrée,
De Rio à Paris, luise le jour nouveau,
De nos droits recouvrés, électrique flambeau,
Sans blesser le pouvoir d'aucun dépositaire,
De son peuple l'ami, non le propriétaire !

Sans nous, ambition, calcule tes victimes ;
Creuse aux fous qu'elle altère, abîmes sur abîmes !
La politique hésite à concevoir un plan
Goûté des lys, qui sauve et grec et musulman ?
Le grec libre.... ! sultan sers le dieu de la France !
Seul entre les États, il maintient la balance !

De nos braves la main s'indigne d'être oisive :
Pour le faible, leur zèle aspire qu'on l'active ;
Armez-là ! désormais, pour elle, nul repos
Que le vainqueur ne soit le juste, seul héros.
A son signal, non plus l'effroi de l'émisphère,
O liberté DES LOIS soumets la terre entière !

Chez l'homme, par ses choix, brille divine Reine !
En tes mains Dieu plaça le prix près de la peine ;
Guidez, conseils des Rois, l'homme, à la bien servir,
Pour votre gloire, au bien, seul art de m'asservir !
Ni côtés... ! ni partis.... ! de l'Éden, chaque chambre,
Exhale sur la France et l'ambroisie et l'ambre !

Et les parfums chéris des lys purs comme l'âme,
Sont les vertus, les lois que l'équité proclame.
Mort à qui les menace, elles, leurs zélateurs !
Supplices, levez-vous contre les corrupteurs !
Pour rendre à l'ordre, à Dieu, tous les peuples du monde,
Sur la Charte et la foi, que l'empire se fonde !

Sur le globe attentif, la noble conscience
Soit du législateur la suprême science !
Patriote pieux, obtiens toutes les voix !
Fauteurs du despotisme, honnis de tous les choix !
Au succès de nos vœux, pour que CHARLES atteigne,
Jusqu'à toi, par ces biens ciel, élève son règne !

ACTE D'ADHÉSION

A la Direction Paternelle et Maternelle des mœurs.

DEUXIÈME ÉDITION.

Nous soussignés Français, sous le règne constitutionnel, par-
faitement soumis à la Charte du royaume, jaloux de jouir des

bienfaits de la Direction Paternelle et maternelle ou magistrature des mœurs, modifiées, perfectionnées à la discrétion des
Chambres et du Gouvernement ;

Voulons payer un pour cent par an de nos gains, bénéfices et
revenus quelconques pour former notre contribution Paternelle et
Maternelle, pourvoir aux besoins de notre Clergé et de nos pauvres;

Livrer, une seule fois pour toujours, le soixantième de nos pro-
priétés réelles et industrielles pour ranimer nos arts, nos artistes,
indemniser proportionnellement tous nos frères qui ont perdu, à
cause de la révolution, depuis 1789; liquider la dette entière de
l'État, auquel suffira dès lors moins de trois cents millions de
contributions ;

Solliciter l'autorisation pour établir des maisons de secours et
une académie de vertus ;

Délivrer notre Clergé de la nécessité de quêter, de se faire ré-
tribuer messes et prières, et de recevoir des particuliers aucun don
que l'on ne lui aurait point offert hors de ce saint ministère ; le dé-
terminer à prêcher d'abondance et le plus souvent possible ;

Élire dix directeurs par mille chefs de nos familles, leur confier
les pouvoirs et les fonctions de la direction *Paternelle et maternelle*, à notre égard, non contraires aux lois de l'État ;

Nous soumettre à leur Direction, leur fournir les bordereaux,
les états qu'ils exigeront, les seconder pour tout le bien qu'ils
veulent opérer dans l'association, selon l'organisation Paternelle
et Maternelle ;

Éloigner de nous tous désordres, prostitutions, vols, concubi-
nages, mauvaise foi, chicane, paresse, volupté criminelle, ivrogne-
rie, duel ;

Établir parmi nous les répressions, fêtes, distinctions, récom-
penses paternelles et maternelles ;

Servir la patrie, nous disposer à la servir selon l'institution paternelle, docile à ses autorités en tout ce qui ne contrarie point les
lois et la constitution du royaume ;

Rédiger un journal paternel par dix directions paternelles et
maternelles ;

Écrire, composer en faveur de la morale, de la vertu, de la re-
ligion et de la perfection évangélique ;

Créer une scène consacrée à la vertu, y introduire la tenue, le
goût le plus purs ; y consacrer, y représenter des pièces qui ne
respirent que les avantages de la vertu ;

Supplier sa Majesté, Madame et les Chambres de daigner pro-
téger notre adhésion à cette magistrature de mœurs, pour la prospérité, la gloire et le bonheur de la France ;

Implorer sur notre institution les bénédictions du ciel.

A MESSIEURS

LES PUBLICISTES CONSTITUTIONNELS.

Peuples entassez les couronnes
Sur les fronts d'ineffable prix,
De vos hérauts, seuls, vos colonnes,
Immortels comme leurs écrits ;
Mais la croix a fait de la France
Le premier des peuples pieux :
Lui seul mêle moins de licence
A l'extérieur religieux.
Soutiens de nos lois, de la Charte,
Astres des citoyens francais,
Dont le seul flibustier s'écarte,
En vain, il nous tend ses lacets,
Dont vous développez la carte,
Sur cent Caribdes, cent Syllas,
Honte de ceux qui les creusèrent,
Et tomberont seuls dans leurs lacs :
Le mal reste aux cœurs qui l'osèrent ;
Gloire, clan qui les signalas !
Votre grandeur nous électrise,
Parfaits égides de nos droits ;
Mais égards, égards pour l'Eglise,
Vous, dignes de porter ses croix,
Lynx, pour les peuples, vous pensez
A leur salut, aux cicatrices,
Aux maux dont il sont menacés
Par des échos vils et complices.
L'Eglise est les saints doigts de Dieu,
Jalouse du parfait équilibre,
Son seul sanctuaire, en tout lieu :
Du juste le cœur, l'âme libre,
Brûlant pour le bonheur de tous,
Non pour le fer du despotisme,
Aux mains des sujets les plus doux,
Au profit du faux égoïsme.
Du despotisme tout héraut,
Sous les mîtres, sous les étoles,
Obtient même accueil du Très-Haut,
Qu'y gagneront les vierges folles.

Il faut, pour plaire à Jésus-Christ,
Servir Dieu, servir sa patrie,
De la justice, pur esprit,
Exempt de toute idolâtrie,
Devoir sacré de vrais chrétiens,
De par Dieu, soumis à la Charte,
Justes comme vous, leurs soutiens,
De nos lois pas un ne s'écarte.
Vous, sages, ranimez vos voix
Aux sources de toute sagesse,
Unissez les peuples, les rois,
Au ciel des libertés, l'ivresse,
Qui récompense les élus;
Du parfait et divin usage
De ce don, pour s'y être plus,
Ils ont l'auréole du sage.
Hérauts français, si brillans, si profonds,
Qui seuls penchés au bord du précipice,
Effrayant les regards par ses sombres rayons,
Criez à chacun qu'il se prémunisse
Contre les dangers du huit août,
De nos cœurs recevez la moindre récompense;
A vos voix, à l'abri du coup,
La gratitude de la France,
Grave l'immortalité sur vos fronts.
A l'apothéose du roi,
Tes phares éclatans, ô France,
Ont, sauve-garde de la loi,
Ample part pour leur vigilance.
Mes étrennes aux pieds des lys
Offrent à nos hérauts du trône,
Et même de par Charles-dix,
Un rayon pris dans sa couronne.
Canning, ta mort, long deuil du monde,
Fruit d'un cancer contagieux,
Est la foudre qui tonne et gronde
Sur tout Machiavel honteux
De n'aspirer que mépris, haine,
Où l'orgueil lui promet pouvoir,
Trône, trésors, encensoir,
Et tous les peuples sons sa chaîne.
Canning, tu lis dans les secrets
De la divine Providence,
Qui tôt ou tard punit l'offense,
Attentat de vils intérêts.
Son règne lent, par l'Evangile,
Refond les cœurs comme l'argile;
Après leurs efforts insensés,
Contre ses bienfaits empressés,
Les âmes qui lui sont soumises

Ont l'héritage paternel,
La paix, la liberté transmises
A la cité comme à l'autel.
Tout despote, alors confondu,
Conspué dans sa sollitude,
Du bien à tous les hommes dû,
Commence à savourer l'étude.
Un grand exemple a tout produit
Contre le fiel du despotisme,
Qu'il a fondu, qu'il a réduit,
Et soumis au patriotisme.
De part Dieu, du chaos a jailli la lumière,
Du despotisme aspics, votre écumeux venin
Couvrit de ses vapeurs l'humaine carrière :
Vous croyez vos poisons maîtres de son destin !
Du Dieu, juge du crime, admirez la sagesse :
Ce sont vos noirs calculs qu'il réduit au néant ;
Il souffre vos complots pour que l'on vous connaisse :
Osez, malgré sa foudre, ordonnancer leur plan.

NOËL.

EXTRAIT DE L'ESSAI SECOND

SUR VOTRE CAUSE.

Passer invenit sibi domum, et turtur nidum ubi ponat pullos suos, altaria tua, domine virtutum, rex meus, et deus meus !   Ps. 83.

Le passereau s'abrite, et d'errer à fini.
Tourtereaux, respirez, voilà pour vous un nid :
Toi, Seigneur des vertus souverain tutélaire,
De nos cœurs, tes autels, le dieu, le sanctuaire !

O enfans des hommes ! dites, vous tous Français, vous tous jeunes, vieux, riches, pauvres, grands, petits, chevaliers, vierges; soldats, chefs, éclésiastiques, laïcs, héros, philosophes, chrétiens païens, parlez : en est-il un seul d'entre vous qui ne soit dé ter-miné à braver mille morts pour sauver la patrie, la charte, les jours de votre Roi, lui épargner des chagrins, des pleurs, ajouter un rayon à sa gloire, à son bonheur ? À quoi ne vous exposeriez-vous pas, même, pour procurer ces biens au dernier d'entre vous, au dernier des étrangers !

Hé bien, amis immortels, épargnez-moi de plus longs écrits ! pesez cette découverte : toutes ces nobles jouissances, vous pouvez vous les procurer à la fois, et votre bonheur et le nôtre, la félicité de notre pays, de son Monarque, celle de la terre même, la conversion des nations, la paix universelle, le commerce florissant, la fertilité de vos champs, la prospérité de vos familles et toutes les bénédictions du ciel ! Ce chef-d'œuvre, cet état de choses sublimes, est à notre disposition. Un seul acte de notre volonté, peut certainement, en vérité, en toute vérité, à l'instant, le produire. Proférons hautement, sincèrement et à l'unisson :

Jésus-Christ, dieu d'amour, mon cœur s'ouvre à ta voix,

Avec CHARLES j'embrasse et j'adore tes lois.

Nos soupirs amers, nos serremens de cœur, sur notre avenir, nous les changerons en délire de bonheur et de joie.

Nous ne formerons plus qu'une âme, nous n'aurons plus qu'un vœu, au comble de la félicité, dans le sein de l'éternel amour.

J'ose l'initiative. Elle sera, sans doute, bientôt éclipsée par tout ce qui est aussi digne que je le suis peu, de donner un si grand exemple.

Brûlons de voir renouveler l'année sous les plus heureux augures. Cédons à l'infaillible étoile, suivons les bergers, hâtons-nous au-devant des mages, sous les auspices des lys, à Bethléem, aux pieds de Jésus et de Marie !

CHANTONS A LEUR GLOIRE.

Air à choisir.

Dieu vient offrir dans une obscure étable,
Les clés du ciel, et vider les enfers ;
O du péché victimes qu'il accable ;
Consolons-nous, Dieu fait tomber nos fers.

L'homme ignorait à quelle destinée
Le conduisait le cours de tant de pleurs,
A Bethléem, la lumière innée
Résout l'énigme et charme nos douleurs.

Naître et mourir pour la gloire éternelle,
La mériter, vainqueur dans les combats,
Telle est la fin, carrière mortelle,
Que Dieu fait chair, t'ouvre et guide ici bas.

Français ! des lys la couleur noble et pure,
Gage donné par le maître des rois,
Chez le Très-Haut, présage et nous assure
Les dots, le prix, dus à toutes nos croix.

Ah ! qu'il est doux, ivre de leur exemple,
De rendre heureux, soi-même et tout mortel,
L'âme élevée au-dessus de son temple,
De Dieu, du Roi, la gloire et leur autel !

Allons, courage ! un seul vœu tout de flammes,
Fera bénir nos lys à l'univers,
En fixera les cœurs, les bras, les âmes,
Aux pieds du Dieu qui met fin aux revers.

A MARIE.

Collection de vertus et de grâces,
Reine du ciel, tendre appui des humains,
Offre à Jésus adoré sur tes traces,
Dans nos cœurs purs, l'ouvrage de tes mains.

AU ROI.
SONNET
IMITÉ DE CELUI DE DESBREAUX.

Bon roi, tes sentimens sont remplis d'équité.
Toujours tu fus heureux de nous être propice,
Mais l'abus de notre or, malgré ta Majesté,
Fulmine sur nos pas des plans fous d'injustice.
Pour d'augustes sermens, partout la piété
Forme en France un seul vœu que la loi s'accomplisse ;
La loi, ton intérêt, notre félicité,
Comme de tous nos cœurs, la tienne est le délice.
Accueille un saint désir, il t'est si glorieux.
Offenses-toi des pleurs qui coulent de nos yeux,
D'ouir contre la Charte, oser des cris de guerre !
En elle, bien aimé, nul sujet ne t'aigrit,
Vers ses ennemis seuls, fais gronder ton tonnerre.
Leur masque, sauveur, tombe. Il voilait... l'antechrist.

ENVOI.

Sire, en dix-huit-cent trente,
De la France espérante,

Daigne agréer ces vœux.
Qu'ils rendent très-heureux
Et tes jours et ton règne,
Dont le modèle enseigne
Au monde, à tous les rois,
Que le sceptre des lois,
Est le sceptre du juste
Et seul digne du buste
D'Henri quatre et Louis,
Au ciel, appuis des lys,
Titres de la couronne
Qu'à nos rois, Dieu leur donne.
Charles l'a sur le front,
Quels bras l'ébranleront?
Tout l'amour de la France,
A la toute puissance
Confirme tes vertus,
Tes droits chez les élus,
Utiles, quand tes mains illustres,
Avant d'aller orner la céleste Sion,
Auront gardé la paix de l'humain horison
Encor nombre et nombre de lustres.

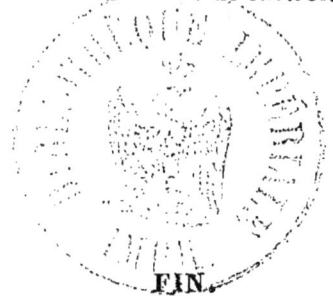

FIN.

IMPRIMERIE DE A. HENRI, RUE GIT-LE-COEUR, N° 8.

www.ingramcontent.com/pod-product-compliance
Lightning Source LLC
Chambersburg PA
CBHW061440170626
46811CB00005B/2322